CATALOGUE

D'UNE

COLLECTION DE LIVRES

Provenant de la Bibliothèque

DE

FEU M. ALBERT RÉVILLE

PROFESSEUR AU COLLÈGE DE FRANCE

LA VENTE AURA LIEU

Le Samedi 16 Mars 1907

28, RUE DES BONS-ENFANTS, 28

Salle n° 3

A 8 HEURES TRÈS PRÉCISES DU SOIR

Me PAUL BIZOUARD	M. ERNEST LEROUX
COMMISSAIRE-PRISEUR	EXPERT
18, rue Duphot, 18	28, rue Bonaparte, 28

PARIS

ERNEST LEROUX, ÉDITEUR

28, RUE BONAPARTE, VIe

1907

CONDITIONS DE LA VENTE

La vente se fera au comptant.

Les acquéreurs paieront dix pour cent en sus des enchères.

M. Ernest Leroux se chargera des commissions des personnes qui ne pourraient assister à la vente.

EXPOSITION

Le jour de la vente, de 2 heures à 4 heures.

CATALOGUE

D'UNE

COLLECTION DE LIVRES

Provenant de la Bibliothèque

DE

FEU M. ALBERT RÉVILLE

PROFESSEUR AU COLLÈGE DE FRANCE

---

1. ALBERTI (Gli) di Firenze. Genealogia, storia e documenti. *Firenze,* 1870, 2 vol. in-4, br., nombr. planches d'armoiries, etc.

2. ALLAIN (E.). Pline le jeune et ses héritiers. *Paris,* 1901-1902, 3 vol. in-8, br. avec deux fascicules : tables et addenda.

3. AMBROISE. L'estoire de la guerre sainte. Histoire en vers de la troisième Croisade (1190-1192), publiée et traduite par Gaston Paris. *Paris,* 1897, in-4, cart.

4. AMÉLINEAU (E.). Monument pour servir à l'histoire de l'Égypte chrétienne aux IVe et Ve siècles (Mémoires de la Mission archéologique du Caire, tome IV). *Paris,* 1888, in-4, cart. (copte et français).

5. AMÉRIQUE. 9 vol. et broch.

    L. DOUA Nouv. recherches philosophiques sur l'antiquité américaine. — A. LE PLONGEON. Sacred mysteries among the Mayas and the Quiches. — LUCY-FOSSARIEU. Ethnographie de l'Amérique antarctique. — Catalogue des manuscrits mexicains de la Bibl. Nationale. — L. BIART. Les Aztèques. — Mémoires de Rosny, Raynaud, Génin.

6. ANGELLIER (Aug.). Robert Burns. La vie, les œuvres. *Paris,* 1893, 2 vol. in-8, cart.

7. ANNÉE (L') PSYCHOLOGIQUE. Années I à III. *Paris,* 1895-1997, 3 vol. in-8, br.

8. ANNÉE (L') SOCIOLOGIQUE. Années I à IV. *Paris,* 1898-1901, 4 vol. in-8, br.

9. ASSYRIE. 9 vol. et broch.

    MENANT. Leçons d'épigraphie assyrienne. — FEER. Les ruines de Ninive. — QUENTIN. Inscription d'Assurbanipal. — Epopée d'Izdubar. — FOSSEY. Etudes sumériennes. — L'assyriologie en 1903. — TIELE. La déesse Istar. — DELITZSCH. Babel und Bibel. — L. DE LANTSHEERE. Race et langue des Hittites.

10. AUBIN. Mémoires sur la peinture didactique et l'écriture figurative des anciens Mexicains. *Paris,* 1885, in-4, planches, cart.

11. **Bayle**. Dictionnaire historique et critique. *Rotterdam*, 1697, 2 tomes en 4 volumes in-folio, veau.

12. BERGER (Philippe). Histoire de l'écriture dans l'antiquité.*Paris*, 1891, in-8, nombr. fig., br.

13. BERNAL DIAZ DEL CASTILLO (Le capitaine). Histoire véridique de la conquête de la Nouvelle-Espagne, traduction par D. Jourdanet. 2ᵉ édit. *Paris*, 1877, in-8, cartes, demi-maroq. rouge, tête dorée.

14. BERTRAND (Alexandre). Archéologie celtique et gauloise. *Paris*, 1876, in-8, br. — HENRI MARTIN. Études d'archéologie celtique. *Paris*, 1872, in-8, br.— HERSART DE LA VILLEMARQUÉ. La légende celtique et la poésie des cloîtres en Irlande, en Cambrie et en Bretagne. *Paris*, 1864, in-8, br. Ens. 3 vol.

15. BIBLE (La), traduction nouvelle avec introduction et commentaires, par Edouard Reuss. I-X. *Paris*, 1876-1879, 10 vol. in-8, cart.

16. **Bibliothèque de l'École des Hautes-Etudes.** Section des sciences religieuses. Tomes I à XVIII, in-8,I-II,reliés,III à XVIII, brochés.

> I. Études de critique et d'histoire, par les membres de la section.
> II, III. VERNES. Du prétendu polythéisme des Hébreux.
> IV. AMELINEAU. La morale égyptienne.
> V. J. RÉVILLE. Les origines de l'épiscopat.
> VI. AMELINEAU. Evolution des idées morales en Égypte.
> VII. Études de critique et d'histoire, par les membres de la section.
> VIII. GRANDGEORGE. Saint Augustin et le néo-platonisme.
> IX. PICAVET. Gerbert. Un pape philosophe.
> X. ISRAEL LÉVI. L'Ecclésiastique.
> XI. S. LÉVI. Doctrine du sacrifice dans les Brahmanas.
> XII. E. DE FAYE. Clément d'Alexandrie.
> XIII. FOUCHER. Iconographie bouddhique.
> XIV. J. RÉVILLE. Le quatrième évangile.
> XV. FOSSEY. La magie assyrienne.
> XVI. ALPHANDÉRY. Les idées morales. — LUQUET. Aristote.
> XVII. VAN GENNEP. Tabou et totémisme à Madagascar.
> XVIII. GÉNESTAL. Légitimation des enfants naturels en droit canonique.

17. BONET-MAURY (G.). Les précurseurs de la Réforme et de la liberté de conscience dans les pays latins du xiiᵉ au xvᵉ siècle. *Paris*, 1904, in-8, br. — Histoire de la liberté de conscience en France depuis l'édit de Nantes. *Paris*, 1900, in-8, br.

18. BOPP (F.). Grammaire comparée des langues indo-européennes, trad. par M. Bréal. *Paris*, 1866-69, 3 vol. in-8, br.

19. **Bulletin historique et littéraire de la Société de l'histoire du protestantisme français.** 1852-1901, en numéros.

20. BUNSEN (C.-C.-J.). Bibelwerk. *Leipzig*, 1858-1865, 9 vol. in-8, br.

> I. DIE BIBEL. 8 demi-volumes en 12 fascicules. — II. BIBELUR-KUNDEN. 8 demi-volumes en 5 tomes. — III. BIBELGESCHICHTE. 2 demi-volumes en un tome.

21. Burnouf et Leupol. Dictionnaire classique sanscrit-français. *Nancy*, 1865, in-8, cart.

22. Campardon (Em.). Le tribunal révolutionnaire de Paris, suivi de la liste complète des personnes qui ont comparu devant le tribunal. *Paris*, 1866, 2 vol. in-8, planche et fac-simile, cart.

23. Chantepie de la Saussaye. Lehrbuch der Religionsgeschichte. *Freiburg*, 1887-89, 2 tomes en un vol. in-8, cart.

24. Chantepie de la Saussaye. Manuel d'histoire des religions, trad. de l'allemand. *Paris*, 1904, in-8, br.

25. Congrès international d'histoire des religions (Actes du premier), Paris, 1900. *Paris*, 1901-1902, 2 tomes en 4 vol. in-8, br. -- Verhandlungen des II internationalen Kongresses für allgemeine Religionsgeschichte in Basel. *Basel*, 1905, in-8, br.

26. Courant (Maurice). Mémoires divers. 6 broch.

    De l'utilité des études chinoises. — Notes sur les études coréennes et japonaises. — La Corée jusqu'au ixe siècle. — Lecture japonaise du chinois. — La presse périodique japonaise. — Stèle chinoise de Ko Kou rye.

27. Darmesteter (A.). Reliques scientifiques, recueillies par son frère. *Paris*, 1890, 2 vol. in-8, portrait, cart.

28. Derenbourg (Hartwig). Ousâma ibn Mounkidh, un émir syrien au premier siècle des Croisades. Vie d'Ousâma. *Paris*, 1889-93, 2 vol. in-8, cart. — Ousama. Souvenirs historiques et récits de chasse. *Paris*, 1895, in-8, br.

29. Deschamps (Gaston). La vie et les livres. *Paris*, 1894-1903, 6 vol. in-18, br.

30. Desjardins (Ernest). Géographie historique et administrative de la Gaule romaine. *Paris*, 1876-78, 2 vol. in-8, cartes, cart.

31. Desnoiresterres (G.). Voltaire et la société française au xviiie siècle. *Paris*, 1867-1870, 4 vol. in-8, br.

    Jeunesse de Voltaire. — Voltaire au château de Cirey. — Voltaire à la Cour. — Voltaire et Frédéric.

32. Didon (R. P.). Jésus-Christ. *Paris*, 1891, 2 vol. in-8, br.

33. Diez (Fr.). Etymologisches Wœrterbuch der romanischen Sprachen. 3te Ausgabe. *Bonn*, 1869-70, 2 vol. in-8, cart.

34. Doellinger und Reusch. Geschichte der Moralstreitigkeiten in der rœmisch-katholischen Kirche. *Nœrdlingen*, 1889, 2 vol. in-8, br.

35. Dulaure (J.-A.). Histoire physique, civile et morale de Paris, depuis les premiers temps historiques. 5e édition. *Paris*, 1834, 10 vol. ornés de planches et 1 vol. de plans. Ens. 11 vol. in-8, d. r.

36. Égypte (Mémoires divers relatifs à l'), par Amelineau, Lefébure Revillout, Rochemonteix, Mariette, Amiable, Derenbourg, etc.

37. ELLINGER (Georg). Philipp Melanchthon, ein Lebensbild. *Berlin*, 190?, in-8, portrait, br.

38. **Elzévirs** (Editions des). Collection des Républiques. Europe. *Lugduni Batavorum*, 1626-1645, 29 volumes in-16, veau.

> Anglorum Respublica, 1641. — Batavica historia, 1645. — Belgii confederati Resp., 1630. — Dania et Norwegia, 1629. — Gallia, 1629. — Germania. Constitutio et Status imperii romano-germanici, 2 vol., 1634-1640. — Status particularis regiminis Ferdinandi II, 1637. — Græcorum Resp., 1632. — Hanseatica Confederatio, 2 vol., 1631. — De rebuspublicis hanseaticis, 2 vol., 1624. — Helvetiorum Resp., 1627. — Hispania, 1629. — Hollandia, 1630. — Hungaria, 1634. — Italiæ principatus, 1631. — Leodiensis Respublica, 1633. — Moscovia, 1630. — Polonia, Lituania, Prussia, etc., 1627. — Rhetia, 1633. — Romana Resp., 1629. — Russia, 1630. — Sabaudia, 1634. — Scotia et Hibernia, 1627. — Suecia, 1633. — Vallesiæ et Alpium descriptio, 1633. — Venetorum Resp. (incomplet).

39. **Elzévirs** (Edition des). Collection des Républiques. Orient. *Lugduni Batavorum*, 1631-1644, 10 vol. in-16, veau.

> J. LEONIS AFRICANI. Africa, 2 vol. 1632. — Arabia, 1633. — P. GYLLII. De Constantinopoleos topographiâ, 1632. — P. GYLLII. De Bosporo Thracio, 1632. — P. CUNÆI. De Republicâ Hebræorum, 1632. — B. CORNELIUS BERTRAMUS. De Republicâ Ebræorum. 1641. — De Imperio Magni Mogolis, sive India, 1631. — Persia, 1633. — Turcici imperii Status, 1634.

40. **Impressions** du XVIe, du XVIIe et du XVIIIe siècles.

> P. Statii opera. *Antverpiæ. Plantin*, 1595, in-16, bas. gaufrée. — Plauti comœdiæ. *Amsterdam, Elzévir*, 1652, in-12, cart. — La vie du B. Stanislas Kostka. *Tours, Philibert Masson*, 1684, in-12, bas. — Amaltheum poeticum. *Lyon, Nicolas Gay*, 1665, in-12, cart. — Velleius Paterculus. *Rotomagi, Jac. Le Boullenger*, 1681, in-16, parch. Justini historiæ. *Rothomagi, ex typographia privilegio distincta*, 1777, in-16, parch. — Titi Livii historiæ. *Cadomi, Joan. Poisson*, 1728, in-16, parch. — Florus. *Amstel.*, in-16, vél. — Martial. *Amstel.*, 1684, in-16, vél.

41. EVANS (John). Les âges de la pierre. Trad. de l'anglais. *Paris*, 1878, in-8, fig., br.

42. FERRÈRE (F.). La situation religieuse de l'Afrique romaine, depuis la fin du IVe siècle jusqu'à l'invasion des Vandales. *Paris*, 1897, in-8, cart.

43. FIGUIER (Louis). La terre avant le déluge. *Paris*, 1863, in-8, illustré, cart.

44. FLOBERT (A.). Histoire de l'Église, par K. Hase, trad. de l'allemand. *Dieppe*, 1860-61, 2 vol. — Histoire des dogmes, par Gieseler, trad. de l'allemand. *Dieppe*, 1863, un volume. Ens. 3 vol. in-8, cart.

45. FRANCE (La) PROTESTANTE, ou vies des protestants français qui se sont fait un nom dans l'histoire, par MM. Haag. *Paris*, 1846-58, 10 vol. in-8, d. r.

46. FUJISHIMA (Ryauon). Le bouddhisme japonais, doctrine et histoire. *Paris*, 1889, in-8, br.

47. GIESELER (J.-F.-L.). Lehrbuch der Kirchengeschichte. *Bonn*, 1844-55, 6 vol. in-8, cart.

48. GOBLET D'ALVIELLA (Le comte). OEuvres diverses, 15 volumes et brochures.

> L'idée de Dieu. — La migration des symboles. — Évolution religieuse contemporaine. — Introduction à l'histoire des religions. — Histoire religieuse du feu. — Les arbres paradisiaques. — Fécondation du palmier. — La croix gammée. — Au vingt-troisième siècle avant notre ère. — Origines du christianisme. — Persistance des types iconographiques, etc.

49. GODESCARD. Vies des pères, martyrs, et autres principaux saints, traduction libre de l'anglais d'Alban-Butler. *Lyon*, 1857, 13 vol. in-8, br.

50. GUETTÉE (L'abbé). Histoire des jésuites. *Paris*, 1858-59, 3 vol. in-8, br.

51. HALÉVY (J.). Documents religieux de l'Assyrie et de la Babylonie, texte assyrien en caractères hébreux, traduction et commentaire. *Paris*, 1882, in-8, br. — Miscellanées sémitologiques. Br. in-8.

52. HARLEZ (C. de). Les religions de la Chine, aperçu historique et critique. *Leipzig*, 1891, in-8, br.

53. HARNACK (Ad.). Lehrbuch der Dogmengeschichte. *Friburg*, 1886-90, 3 vol. in-8, d. r.

54. — Geschichte der altchristlichen Litteratur bis Eusebius. *Leipzig*, 1893, 2 vol. in-8, cart. — Die Chronologie der altchristl. Litteratur. *Leipzig*, 1897-1904, 2 vol. in-8. (T. I, cart.; II, broché.)

55. — Die Mission und Ausbreitung des Christentums in den ersten drei Iahrhunderten. *Leipzig*, 1902, in-8, br. — Lehre der zwœlf Apostel. *Leipzig*, 1893, in-8, cart.

56. HENNEBERT (E.). Histoire d'Annibal. *Paris*, 1870-78, 2 vol. in-8, br. — J. MAISSIAT. Annibal en Gaule. *Paris*, 1874, in-8, cartes, br.

57. HERRMANN (Paul). Deutsche Mythologie. *Leipzig*, 1898, in-8, fig., perc.

58. HIBBERT LECTURES. Années 1878, 1879, 1881-88, 1891-94. *London*, 1878-94, 14 vol. in-8, perc.

> MAX MULLER. Origin of religion. — LE PAGE RENOUF. Religion of Egypt. — RHYS DAVIDS. Indian Buddhism. — KUENEN. National religion. — C. BEARD. The Reformation. — A. RÉVILLE. Religions of Mexico and Peru. — A. PLEIDEREU. Influence of the Apostle Paul. — J. RHYS. Celtic heathendom. — SAYCE. Religion of the ancient Babylonians. — E. HATCH. Influence of greek ideas upon the christian church. — GOBLET D'ALVIELLA. Conception of God. — MONTEFIORE. Religion of Hebrews. — C.-B. UPTON. Bases of religious belief. — J. DRUMMOND. Via, veritas, vita.

59. HITZIG (F.). Geschichte des Volkes Israel. *Leipzig*, 1869, 2 tomes en un vol. in-8, cart.

59 bis. HOCHART (P.). De l'authenticité des Annales et des Histoires de Tacite. *Paris*, 1890, in-8, fig., br. — Etudes d'histoire religieuse. *Bordeaux*, 1888, in-8, br.

60. Holtzmann (H.-J.). Hand-Commentar zum Neuen Testament. Tome 1 et IV, fasc. 1. *Freiburg*, 1889-90, 2 vol. in-8, cart. — Lehrbuch der histor. krit. Einleitung in das Neue Testament. *Freiburg*, 1885, in-8, cart. Ens. 3 vol.

61. Honel (Ch.-Juste). Annales des Cauchois depuis les temps celtiques jusqu'à 1830. *Paris*, 1847, 3 vol. in-8, br.

62. Hutchinson (Th.-J.). Two years in Peru, with exploration of its antiquities. *London*, 1873, 2 vol. in-8, illustrés, perc.

63. Johnson (S.). Oriental religions and their relation to universal religion. *London*, 1879, 2 vol. in-8, perc.

64. Jordan (L -H.). Comparative religion, its genesis and growth. *Edinburgh*, 1905, in-8, perc.

65. Joseph (Flavius). Histoire des Juifs écrite sous le titre de Antiquitez judaïques, traduit du grec par Arnauld d'Andilly. Nouv. édit. *Paris*, 1719-1735, 5 vol. in-18, veau.

66. Judgments of the judicial committee of the privy Council in Ecclesiastical cases relating to doctrine and discipline with a preface by the Lord Bishop of London. *London*, 1865, in-8, perc.

67. Keary (C.-F.). Outlines of primitive belief among the indo-european races. *London*, 1882, in-8, perc.

68. Kolbe (Pierre). Description du cap de Bonne-Espérance, où l'on trouve tout ce qui concerne l'histoire naturelle du pays, la religion, les mœurs et les usages des Hottentots, de l'établissement des Hollandais. *Amsterdam*, 1743-44, 3 vol. in-18, fig., veau.

69. Kuenen (A.). De Godsdienst van Israël. *Haarlem*, 1869-70, 2 vol. gr. in-8, cart.

70. Landes (A.). Contes et légendes annamites. *Saïgon*, 1886, in-8, br. — Contes tjames traduits et annotés. *Ibid.*, 1887, in-8, br.

71. Lang (A.). Mythes, cultes et religion, trad. par L. Marillier. *Paris*, 1896, in-8, br.

72. Lassen (C.). Anthologia sanscritica, glossario instructa. *Bonn*, 1838, in-8, d. r. — Leupol et Burnouf. Selectæ e sanscriticis scriptoribus paginæ. *Paris*, 1867, in-8, br. — Anthologie érotique d'Amaron, texte sanscrit, traduction et notes, par Apudy. *Paris*, 1831, in-8. Ens. 3 vol.

73. Le Bon (Gustave). L'homme et les sociétés, leurs origines et leur histoire. I. L'homme. Développement physique et intellectuel. *Paris*, 1881, in-8, fig., cart.

74. Leger (Louis). Chronique dite de Nestor, traduite sur le texte slavon-russe avec introduction et commentaires. *Paris*, 1884, in-8, cart.

75. Leroux de Lincy. Essai historique et littéraire sur l'abbaye de Fécamp. *Rouen*, 1840, in-8, gravures, d. r.

76. Littré (E.). Études sur les barbares et le moyen âge. *Paris*, 1867, in-8, br.

77. Ludlow (J.-M.). The age of the Crusades. *Edinburg*, 1897, in-8, perc.

78. Marius Fontane. Histoire universelle. T. I à VI. *Paris*, 1881-1889, 6 vol., in-8, br., cartes.
Inde védique, les Iraniens, les Égyptes, les Asiatiques, la Grèce, Athènes.
78 *bis*. Le même. T. I, II. Inde védique, les Iraniens, 2 vol. in-8, br., cartes.

79. Maury (Alfred). Légendes et croyances de l'antiquité. — La magie et l'astrologie dans l'antiquité et au moyen âge. *Paris*, 1860-63, 2 vol., in-8, br.

80. Merle d'Aubigné. Histoire de la Réformation en Europe au temps de Calvin. *Paris*, 1863, ' vol. in-8, br.

81. Monastier (A.). Histoire de l'Église vaudoise depuis son origine et des Vaudois du Piémont. *Paris*, 1847, 2 tomes en 4 vol. in-8, portrait et carte, demi-rel. — Montet (E.). Histoire littéraire des Vaudois du Piémont. *Paris*, 1885, in-8, planches, br.

82. Monceaux (Paul). Histoire littéraire de l'Afrique chrétienne depuis les origines jusqu'à l'invasion arabe. T. I-II. *Paris*, 1901-1902, 2 vol. in-8, br.

83. Montalembert (Comte de). Les moines d'Occident depuis saint Benoit jusqu'à saint Bernard. *Paris*, 1860, 2 vol. in-8, br.

84. Montet (Édouard). Essai sur les origines des partis saducéen et pharisien et leur histoire jusqu'à la naissance de Jésus-Christ. *Vienne*, 1883, in-8, cart. — Grammaire minima de l'hébreu et de l'araméen bibliques. *Vienne*, 1891, in-8, perc.

85. **Montfaucon** (Dom Bernard de). L'antiquité expliquée et représentée en figures. *Paris*, 1722, 5 tomes en 10 volumes. — Supplément au Livre de l'antiquité expliquée. *Paris*, 1724, 5 volumes. Ensemble 15 volumes in-folio, nombreuses planches, bas. rac.

86. **Montfaucon** (Dom Bernard de). Les monumens de la monarchie françoise qui comprennent l'histoire de France avec les figures de chaque règne que l'injure des tems a épargnées. *Paris*, 1729-1733, 5 volumes in-folio, bas., nombr. planches.

87. Moreau de Jonnès. Ethnogénie caucasienne. *Paris*, 1861, in-8, br. — Lévêque, Rech. sur l'origine des Gaulois. *Paris*, 1869, in-8, br. — Valentin Smith. De l'origine des peuples de la Gaule transalpine. *Paris*, 1866, in-8, br. Ens. 3 vol.

88. Motley (J.-L.). La révolution des Pays-Bas au xvi° siècle, trad. de l'anglais. *Paris*, s. d., 6 vol. in-18, br.

89. Motley (J.-L.). Histoire des Provinces-Unies des Pays-Bas, depuis la mort de Guillaume le Taciturne jusqu'à la trève de douze ans. Trad. de l'anglais. *Paris*, 1870, 3 vol. in-8, br.

90. Muir (J.). Original sanskrit texts. Parts III, IV, V. *London*, 1864-70, 3 vol. in-8, perc. — Metrical translations from sanskrit writers. *London*, 1879, in-8, perc.

91. Muller (J.-G.). Geschichte der amerikanischen Urreligionen. *Basel*, 1867, in-8, cart.

92. **Musée Guimet**. Annales. Série in-4. Tomes I à XXX, fasc. 1, 2, 3. 30 volumes in-4, br.

> I, II, IV, VII, X, XXVI. Mélanges. — III. Bouddhisme au Tibet. — V. Fragments du Kandjour. — VI et XIX. Lalita Vistara. — VIII et XXIII. Le Yi-king. — IX et XVI. Les hypogées royaux de Thèbes. — XI, XII. La religion populaire des Chinois. — XIII. Le Ramayana. — XIV. Gnosticisme égyptien. — XV. Siao-hio, la petite étude. — XVII et XXV. Monuments pour servir à l'histoire de l'Egypte chrétienne. — XVIII. Avadana Cataka. — XX. Textes taoïstes. — XXI, XXII, XXIV. Le Zend Avesta, par J. Darmesteter. — XXVII. Le Siam ancien. — XXVIII, XXIX. Sépulture et funérailles dans l'ancienne Egypte. — XXX. Mélanges.

93. **Musée Guimet**. Bibliothèque d'études. Tomes I à XV, XX, 16 vol. in-8, br.

> I. Le Rig Véda. — II. Les lois de Manou. — III. Coffre à trésor japonais. — IV. Recherches sur le bouddhisme V-V, VI. Voyage dans le Laos. — VII. Les Parsis. — VIII. Si do in-dzou. — IX. La vie future. — X, XI. Bouddhisme dans l'Inde. — XIII. Bod youl ou Thibet. — XIV. Rituel du culte divin en Egypte. — XV. Caractère religieux de la royauté pharaonique. — XX. Les livres sacrés du Cambodge.

94. **Musée Guimet**. Bibliothèque de vulgarisation. Tomes I à XIX. 19 vol. in-18, br.

> I. Les moines égyptiens. — II. Religions de l'Inde. — III. Les Hétéens. — IV. Le culte chez les Annamites. — V. Les Yézidis. — VI. Le culte des morts en Extrême-Orient. — VII. Résumé de l'histoire d'Egypte. — VIII. Le bois sec refleuri, roman coréen. — IX. La Saga de Nial. — X. Les castes dans l'Inde. — XI. Philosophie vedanta. — XIII. Evangile du Bouddha.— XII, XIV à XIX. Conférences au musée Guimet.

95. Musée Guimet. Vues des différentes salles. Album de photographies de grand format. In-folio, d.-chagrin rouge.

96. Nolte (Fred.). Histoire des États-Unis d'Amérique, depuis les temps les plus reculés jusqu'à nos jours. *Paris*, 1879, 2 vol. in-8, br.

97. Nolte (Fr.). L'Europe militaire et diplomatique au xixe siècle (1815-1884). *Paris*, 1884, 4 vol. in-8, br.

98. Obermuller (W.). Deutsch-keltisches geschichtlich-geographisches Wœrterbuch. *Leipzig*, 1868-72, 2 vol. in-8, cart.

99. Odilon Barrot. Mémoires posthumes. *Paris*, 1875-76, 3 vol. in-8, br.

100. Oldenberg (H.). Buddha, sein Leben, seine Lehre, seine Gemeinde. *Berlin*, 1881, in-8, d. v.

101. Olivier-Beauregard. La caricature égyptienne. — Chez les Pharaons. — La vigne et le vin dans l'antiquité égyptienne. — En Orient, études ethnologiques, etc. Ens. 3 vol. et 2 broch. in-8.

102. PARIS (Gaston). La poésie française au xvᵉ siècle. 1886, in-4.
— Etude sur le rôle de l'accent latin dans la langue française.
1862, in-8, br. — Introduction à la grammaire des langues roma-
nes, par Fr. DIEZ, 1863, in-8, br.

103. PARISET (G.). L'État et les Églises en Prusse sous Frédéric-
Guillaume Iᵉʳ (1713-1740). *Paris*, 1897, in-8, br.

104. PARTHEY ET PINDER. Itinerarium Antonini Augusti et Hierosoly-
mitani. *Berolini*, 1848, in-8, perc., 2 planches.

105. PAUTHIER (G.). Les livres sacrés de l'Orient. *Paris*, 1841, gr.,
in-8, d. r.

106. PEYRAT (N.). Histoire des Albigeois. Les Albigeois et l'Inqui-
sition. *Paris*, 1870-72, 3 vol. in-8, br.

107. PICTET (A.). Les origines indo-européennes, ou les Aryas pri-
mitifs, essai de paléontologie linguistique. *Paris*, 1859-63, 2 vol.,
in-8, cart.

108. PRESCOTT (W.-H.). Histoire du règne de Philippe II, trad. de
l'anglais. *Paris*, 1860-64, 5 vol. in-8, br.

109. PRESSENSÉ (E. de). Le siècle apostolique. *Paris*, 1888-89, 2 vol.
in-8, br. — Les origines. *Paris*, 1883, in-8, br. Ens. 3 vol.

110. PSICHARI (J.). Études de philologie néo-grecque, recherches
sur le développement historique du grec. *Paris*, 1892, in-8, br.

111. RAUBER (A.). Urgeschichte des Menschen. *Leipzig*, 1884, 2 vol.
in-8, br.

112. REINACH (Th.). Textes d'auteurs grecs et romains relatifs au
judaïsme, réunis, traduits et annotés. *Paris*, 1895, in-8, cart.

113. RÉMUSAT (Charles de). Essais de philosophie. *Paris*, 1842, 2 vol.
in-8, cart. — Abélard, sa vie, sa philosophie et sa théologie.
Paris, 1855, 2 vol. in-8, br.

114. REUSS (Ed.). History of christian theology in the apostolic
age. Transl. by A. Harwood. *London*, 1872, 2 vol. in-8, perc.

115. RÉVILLE (Albert). Traduction de quelques-uns de ses ouvrages
en anglais et en hollandais, 15 volumes et brochures.

    Handbaek voor Godsdienstonderwijs. *Haarlem*, 1863, 3 vol., in-8,
br. — De Kerk en de waarheid. 1859, in-8, perc. — History of the
doctrine of Jesus-Christ. Editions de 1870, 1878, 1905, 3 vol. in-8,
perc. — Het leven van Jesus. 1864. — Het goed regt der moderne
rigting, 1864. — Nederlands Kansel. 1866, etc.

116. **Revue de l'histoire des religions**. Années 1880 à 1902, car-
tonné, 1903 à 1906, en numéros.

116 *bis*. **Revue historique**. Année 1884 à 1906, en numéros.

117. **Revue de Paris**, 1894 à 1905, en numéros.

118. RICHARD SIMON. Histoire critique du Vieux Testament. Nouvelle édition. *Rotterdam*, 1685, in-4, vélin.

119. Richelieu. Les principaux poincts de la foy catholique, défendus contre l'escrit addressé au Roy par les quatre ministres de Charenton, par Mgr l'Eminentissime Cardinal duc de Richelieu. *A Paris chez l'imprimeur royal du Louvre*, 1642, in-folio, veau. (Armes).

120. Robert Williams. Lexicon cornu-britannicum, a dictionary of the ancient celtic language of Cornwall. *Llandovery*, 1865, in-4, d. r.

121. Robertson. L'histoire de l'Amérique, traduite de l'anglais. *Paris*, 1778, 2 vol. in-4, planches, veau marbré.

122. Rochat (E.). La *Revue de Strasbourg* et son influence sur la théologie moderne. *Genève*, 1904, in-8, br.

123. Roget de Belloguet. Ethnogénie gauloise. *Paris*, 1861-72, 4 vol. in-8, cart. et br.

    I. Glossaire gaulois, 2ᵉ édition. — II. Types gaulois et cellobretons. — III. Le génie gaulois. — IV. Les Cimmériens.

124. Röhricht (R.). Beitræge zur Geschichte der Kreuzzuege. *Berlin*, 1874-78, 2 vol. in-8, br.

125. Rosny (Léon de). Essai sur le déchiffrement de l'écriture hiératique de l'Amérique centrale. *Paris*, 1876, in-folio, 19 planches. En feuilles, sans couverture.

126. Rosny (Léon de). Le taoïsme. *Paris*, 1892, in-8, br. — La morale de Confucius, 1893, in-18, br. — Extraits d'un glossaire bouddhique sanscrit-chinois. 1890, in-8, br.

127. Rozière (Eug. de). Liber diurnus ou Recueil des formules usitées par la chancellerie pontificale du vᵉ au xiᵉ siècle. Et supplément. *Paris*, 1869, un vol. in-8 et un fascicule broché.

128. Rowland Williams. The hebrew prophets (during the assyrian empire and babylonian and persian empire). *London*, 1866-71, 2 vol. in-8, perc.

129. Sacred books of the East, translated... and edited by Max Müller. *Oxford*, 1880-83, 5 vol. in-8, perc. — IV et XXIII. The Zend Avesta. — V et XVIII. Pahlavi texts. — XI. Buddhist Suttas.

130. Sahagun (Fray Bernardino de). Histoire générale des choses de la Nouvelle-Espagne, traduite et annotée par Jourdanet et Remi Siméon. *Paris*, 1880, gr. in-8, d. chag. rouge, tranches dor.

131. Saint-Evremond. OEuvres, publiées sur ses manuscrits, avec la vie de l'auteur par M. Des Maizeaux. *Amsterdam*, 1739, 5 vol. in-12, vélin.

132. Salverte (E.). Des sciences occultes, ou essai sur la magie, les prodiges et les miracles. Seconde édition, *Paris*, 1843, in-8, cart.

133. Salverte (E.). History of the names of men, nations and places, transl. by Rev. Mordacque. *London*, 1862-64, 2 vol. in,8, cart.

134. Schauenburg. Reisen in Central-Afrika, von Mungo Park bis
auf Barth und Vogel. *Lahr*, s. d., 2 vol. in-8, planches, cart.

135. Scheler (Aug.). Dictionnaire d'étymologie française. Nouv.
édition. *Bruxelles*, 1873, in-8, br.

136. Schuré (Édouard). Le drame musical. *Paris*, 1875, 2 vol. in-8,
br.

137. Ségur (Général comte de). Histoire et mémoires. *Paris*, 1873,
7 vol. — Mélanges. 1873, 1 vol. Ens. 8 vol. in-8, br.

138. Senecæ (L. Annaei) philosophi opera quæ exstant omnia a
Justo Lipsio emendata et scholiis illustrata. *Antverpiæ, Plantin
Moretus*, 1652, in-folio, parch. (Armes).

139. Smith (Bosworth). Life of Lord Lawrence. *London*, 1883, 2 vol.
in-8, portraits et cartes, perc.

140. Strauss (D.-F.). Vie de Jésus, trad. de l'allemand. *Paris, La-
croix*, 2 vol. in-8, br.

141 Suidæ Lexicon, græce et latine, post Th. Gaisford recens.
G. Bernhardy. *Brunsvigæ*, 1853, 2 forts vol. in-4, cart.

142. Sulpice Sévère. Chronique. Texte critique, traduction et
commentaires, par A. Lavertujon. *Paris*, 1894-99, 2 vol. in-4, br.

143. Supernatural religion, an inquiry into the reality of divine
revelation. Second edition. *London*, 1874-77, 3 vol. in-8, perc.

144. Taine (H.). De l'intelligence. *Paris*, 1870, 2 vol. in-8, cart.

145. Testamentum Vetus, græce, juxta lxx interpretes, edidit C.
Tischendorf. *Lipsiæ*, 1860, 2 vol. in-8, cart.

146. Testamentum Novum, græce. Editio critica curâ. C. Tischendorf. *Lipsiæ*, 1859.

146 *bis*. Tiele. Histoire comparée des anciennes religions de
l'Égypte et des peuples sémitiques, trad. du hollandais, *Paris*,
1882, in-8, cart.
146 *ter*. Le même, broché.

147. Van Hamel. Li romans de carité et miserere du Renclus de
Moiliens, poèmes de la fin du xii° siècle. Edition critique. *Paris*,
1885, 2 vol. in-8, br.

148. Vernes (Maurice). OEuvres diverses. 5 vol. et broch.
Histoire des idées messianiques. — Manuel de l'histoire des religions. — Eléments d'histoire juive. — Les abus de la méthode
comparative. — G. d'Eichthal et ses travaux sur l'Ancien Testament.

149. Veth (P.-J.). Java, geographisch, ethnologisch, historisch.
Haarlem, 1873-81, in-8, br. Fasc. 2 à 52 et table.

150. Zahn (Th.). Forschungen zur Geschichte des neutestament-
lichen Kanons und der altkirchlichen Literatur. — VI. Apostel in

Asien. — VII. Die altsyrische Evangelienuebersetzung. *Leipzig*, 1900-03, 2 vol. in-8, br.

151. Zeuss. Grammatica celtica. Editio altera. *Berolini*, 1871, gr. in-8, d. r.

A LA FIN DE LA VACATION

IL SERA VENDU EN LOTS

ENVIRON

SEPT CENTS VOLUMES ET BROCHURES

Relatifs à l'Histoire des Religions
à la Bible (critique et commentaires)
aux Langues et aux Littératures de l'Orient,
à l'histoire générale, etc.

9 782329 483535